P9-EMJ-793

En images

Norah McClintock

Traduit de l'anglais par
Lise Archambault

RICHMOND HILL
PUBLIC LIBRARY

DEC 2 0 2011

CENTRAL LIBRARY
905-884-9288

orca soundings

BOOK SOLD

PROPERTY

ORCA BOOK PUBLISHERS

Copyright © 2009 Norah McClintock

Tous droits réservés. Aucune partie de cette publication ne peut être
reproduite ou transmise sous quelque forme ou par quelque moyen que ce soit,
électronique ou mécanique, y compris la photocopie, l'enregistrement ou tout
système de mise en mémoire et de récupération de l'information présent
ou à venir, sans la permission écrite de l'éditeur.

Catalogage avant publication de Bibliothèque et Archives Canada

McClintock, Norah
[Picture this. Français]
En images / Norah McClintock.

(Orca soundings)
Traduction de: Picture this.
Publ. aussi en formats électroniques.

ISBN 978-1-4598-0000-7

I. Titre. II. Titre: Picture this. Français.
III. Collection: Orca soundings

PS8575.C62P5214 2011   JC813'.54   C2011-903413-1

Publié en premier lieu aux États-Unis, 2011
Numéro de contrôle de la Library of Congress : 2011929407

Résumé : Ethan possède un secret pour lequel un homme est prêt à tuer.

MIXTE
Papier issu de
sources responsables
FSC® C016245
www.fsc.org

*Orca Book Publishers se préoccupe de la préservation de l'environnement;
ce livre a été imprimé sur du papier certifié par le Forest Stewardship Council®.*

Orca Book Publishers remercie les organismes suivants pour l'aide reçue dans le
cadre de leurs programmes de subventions à l'édition : Fonds du livre du Canada
et Conseil des Arts du Canada (gouvernement du Canada) ainsi que BC Arts
Council et Book Publishing Tax Credit (province de la Colombie-Britannique).

*Nous remercions le gouvernement du Canada pour l'aide financière reçue dans
le cadre du Programme national de traduction pour l'édition du livre.*

Photo de la page couverture par Getty Images

ORCA BOOK PUBLISHERS
PO Box 5626, Stn. B
Victoria, BC Canada
V8R 6S4

ORCA BOOK PUBLISHERS
PO Box 468
Custer, WA USA
98240-0468

www.orcabook.com
Imprimé et relié au Canada.

Pour P.S. et ces belles couleurs vives.

Chapitre premier

Je n'ai que moi-même à blâmer pour ce qui est arrivé et pour le gâchis qu'a été ma vie de délinquant.

— Dans la vie, tout est une question de choix, disait souvent Deacon, mon travailleur social. Il y a des bons choix et des mauvais choix, et chacun de ces choix mène à d'autres choix.

Bon, je l'avoue. Prendre un raccourci par une ruelle sombre était un mauvais choix. Personne ne me croira, mais j'ai vraiment réfléchi avant de prendre ma décision. Et j'ai finalement choisi de prendre le raccourci parce que a) je suis un gars, pas une fille, et donc n'avais pas à craindre qu'un malade m'attaque et me traîne derrière des buissons, et b) je voulais rentrer à la maison avant que ma mère de famille d'accueil ne commence à s'inquiéter. J'ai donc choisi la ruelle.

J'en avais parcouru la moitié, m'amusant à faire avancer un caillou à coups de pied, lorsqu'un gars est arrivé derrière moi, m'a pressé quelque chose de dur dans le dos et m'a offert un autre choix : lui donner mon sac à dos, *sinon...*

J'ai levé les mains en l'air et me suis retourné lentement. Vous auriez peut-être réagi autrement. Vous auriez peut-être laissé tomber votre sac à dos sans une seconde d'hésitation.

Mais je voulais savoir à qui j'avais affaire — un gars qui prétendait tenir une arme à feu pressée contre mon dos ou un gars qui tenait vraiment une arme à feu pressée contre mon dos.

Le gars tenait quelque chose qui ressemblait beaucoup à un pistolet. Il portait une cagoule, le genre capuchon à trous que portent les gars qui font des mauvais coups. Je ne voyais que ses yeux, qui étaient durs et froids, et sa bouche, petite et mesquine.

— Donne! dit-il d'un ton impatient.

— Tu te trompes de gars, dis-je.

Je sais. Vous n'auriez rien dit. Mais il se trompait vraiment. Je ne suis pas riche. Il n'y avait pas de portefeuille plein de billets et de cartes de crédit dans mon sac à dos. Pas de carte bancaire non plus. Rien qui vaille la peine d'être volé, sauf peut-être mon appareil photo et celui-ci n'avait pas beaucoup de valeur, sauf pour moi. Il n'était pas question que je le cède à quelqu'un qui allait le mettre à la poubelle ou le vendre pour cinq ou dix dollars.

— Ne m'oblige pas à répéter, dit le gars.

Puis il a levé son arme et l'a pointée sur ma tête.

Vu de près, on aurait dit un canon. Mes jambes avaient la tremblote. J'ai regardé le gars droit dans les yeux.

— Sérieusement, dis-je. Il n'y a rien dans mon sac à dos. Je n'ai pas d'argent. Je vis dans une famille d'accueil. Et ces gens-là ne m'ont pris chez eux que pour arrondir leurs fins de mois.

Ce n'est pas tout à fait vrai. Les Ashdale m'auraient probablement pris chez eux même s'ils n'étaient pas payés. Pour eux, ce n'est pas une question d'argent. Ils sont une famille d'accueil parce qu'ils veulent donner une chance à des gars comme moi. Ils sont stricts, mais gentils.

— C'est ta dernière chance, dit le gars.

Je sais ce que vous pensez : *Qu'est-ce qui te prend, Ethan? Donne le sac à dos, ne discute pas.* Mais vous n'êtes pas à ma place. Vous ne comprenez pas ce que représente pour moi cet appareil photo.

Je jette un autre coup d'œil à son pistolet. On dirait bien un vrai. Mais pourquoi ce gars-là pointerait-il une arme chargée sur moi alors que mon sac à dos ne pourrait contenir que quelques dollars ou une carte bancaire ou peut-être un iPod? Il faut être désespéré pour faire quelque chose comme ça. Ou complètement cinglé, comme un drogué en manque. Mais un idiot de ce genre n'aurait pas un vrai pistolet. Il n'en aurait pas les moyens. Ça doit être un faux.

J'aperçois mon caillou à quelques pouces de mon pied et je fais un autre choix.

Lentement, je baisse les mains vers mes épaules tout en surveillant le gars. Je veux être certain qu'il comprenne que je me prépare à enlever mon sac à dos. Je lis dans ses yeux la même satisfaction que j'ai vue dans les yeux de douzaines de harceleurs, la joie qu'ils éprouvent lorsqu'ils réussissent à forcer quelqu'un à leur donner ce qu'ils veulent.

Puis tout d'un coup, sans peser le pour et le contre, je frappe le caillou du pied aussi fort que je le peux. Il ricoche sur une benne à ordures, ce qui fait sursauter le gars. Il tourne la tête pour voir ce qui arrive et j'en profite pour balancer un coup de sac à dos à la main qui tient le pistolet. Ce dernier tombe par terre et je l'envoie revoler d'un violent coup de pied dans l'autre direction. Puis je pique un sprint dans la ruelle. Je suis presque arrivé à l'autre bout lorsque j'entends un coup de feu. Oups! Ce pistolet n'était pas un jouet.

J'accélère. J'évite de me retourner — ça m'aurait ralenti. Je zigzague parmi les rues et les ruelles. Je cours jusqu'à ce que mes poumons soient sur le point d'exploser.

Je ne ralentis que lorsque j'arrive en vue de chez nous. Personne ne me suit. Je m'arrête, hors d'haleine, et regarde de nouveau. Toujours personne. Ma respiration revient à la normale. Je cours jusqu'à la porte, je l'ouvre et c'est l'odeur du pain de viande de Mme Ashdale qui m'accueille. Qu'on est bien chez soi! Rien ne risque de m'arriver ici.

Chapitre deux

— Tu arrives juste à temps, dit Mme Ashdale en me voyant.

Elle retire le pain de viande du four.

— Mets la table, s'il te plaît, Ethan. Ensuite, appelle les autres.

Les autres, ce sont Alan, onze ans, placé par la protection de l'enfance parce que sa mère, accro à la meth, le négligeait et Tricia, neuf ans, abandonnée par son père après la mort de sa mère. Alan vit avec les Ashdale depuis près de quatre ans. Tricia vient d'arriver. Elle pleure beaucoup et fait des crises de colère. Je suis chez les Ashdale depuis presque un an, depuis que ma dernière mère d'accueil a fait une crise cardiaque et ne peut plus garder d'enfants. Je m'entends assez bien avec Mme Ashdale, qui reste à la maison, et M. Ashdale, qui est responsable de deux centres récréatifs en ville. Ils n'ont pas d'enfants. Je ne sais pas trop pourquoi.

— Bill ne viendra pas souper, dit Mme Ashdale au moment où je place les napperons.

Je mets la table pour nous quatre seulement et appelle Alan et Tricia. Avant qu'ils ne soient assis, Mme Ashdale a déjà posé les plats sur la table. Nous attendons qu'elle ait béni le repas, puis nous faisons passer nos assiettes. Elle nous sert de grosses portions de pain de viande, de purée de pommes de terre et de petits pois frais. Ce menu peut paraître ordinaire, mais tout est délicieux. Mme Ashdale est bonne cuisinière.

— Alors, est-ce que vous avez tous eu une bonne journée? demande-t-elle lorsque nous sommes servis. Alan?

Alan et Tricia vont à un camp de jour ce mois-ci. Alan va dans un centre récréatif et Tricia, dans un centre de plein air sur l'île.

— Nous avons joué au soccer contre un autre camp, dit Alan. J'ai marqué trois buts.

Alan est fanatique du soccer. Il sait quelles équipes et quels joueurs sont les meilleurs au monde. Il rêve de devenir joueur de soccer professionnel. Et ça pourrait arriver. Il est adroit et joue chaque fois qu'il en a l'occasion. Lorsque M. Ashdale l'appelle Beckham, Alan déborde de fierté.

Mme Ashdale lui sourit.

— Bien joué, Alan, dit-elle. Et toi, Tricia?

—Nous avons compté des grenouilles, murmure Tricia doucement. J'en ai trouvé que personne d'autre n'avait vues. Mon moniteur dit que j'ai un bon sens de l'observation.

Elle ne lève pas les yeux de son assiette tandis qu'elle parle. Elle est étrangement calme lorsqu'elle ne fait pas de crise.

— C'est une excellente qualité, dit Mme Ashdale. Ton intérêt pour la nature et ton œil attentif pourraient t'orienter vers la biologie ou la botanique. Ou la zoologie.

Mme Ashdale nous explique la nature et l'importance de ces sciences. Tricia ne lève toujours pas les yeux de son assiette, mais Mme Ashdale ne s'arrête pas pour autant.

— Et toi, Ethan? me demande Mme Ashdale. Ton projet avance-t-il?

Comme j'ai passé l'âge des camps de jour, mon travailleur social m'a suggéré un programme spécial pour les jeunes comme moi, c'est-à-dire les jeunes à risque. Des jeunes qui, comme moi, ont eu des ennuis et qui doivent se remettre dans le droit chemin avant qu'il ne soit trop tard. Ce programme s'appelle *En images*. On nous enseigne les bases de la photographie et on nous donne des projets à réaliser, dont nous devons parler régulièrement en groupe. L'idée est d'observer le monde qui nous entoure et de le saisir en photo.

On apprend d'abord comment fonctionne l'appareil, puis on fait des expériences de composition, de cadrage et de montage à l'ordinateur. Finalement, on travaille à un projet personnel.

— Tout va bien jusqu'à maintenant, dis-je. Mais je pense que je vais devoir retourner faire d'autres photos. Je veux voir si je peux les prendre de plus près cette fois-ci.

Nous devons choisir un thème pour notre projet. J'ai choisi la liberté. Je veux montrer qu'il est impossible pour un humain d'être complètement libre parce qu'il y a toujours quelque chose — et souvent plusieurs choses — qui limitent notre liberté. Pour appuyer ma théorie, je photographie des faucons que j'ai découverts un jour où M. Ashdale m'a emmené en randonnée. Les faucons ont l'air tout à fait libres, surtout lorsqu'ils volent haut dans le ciel. Ce sont de puissants oiseaux de proie que rien n'arrête. Ils me rappellent des gars que je fréquentais. Ces oiseaux sont magnifiques et agissent comme si le monde leur appartenait. Mais ils ne sont pas complètement libres. Non seulement l'habitat des faucons est-il menacé, l'habitat de leurs proies l'est aussi, à cause des humains. Il est de plus en plus difficile pour ces souverains du ciel d'obtenir ce qu'ils veulent. Et leurs problèmes vont aller en s'aggravant, tout comme ceux des gars que je fréquentais, qui croyaient pouvoir faire tout ce qu'ils voulaient, mais qui se sont retrouvés morts ou derrière les barreaux.

Mon projet avance très bien. Je suis fier de ce que j'ai fait jusqu'à maintenant. Toutes mes photos sont dans l'appareil numérique que les Ashdale m'ont acheté pour mon anniversaire. C'est pourquoi je n'ai pas voulu le donner au gars dans la ruelle. Je n'ai pas parlé de cet incident à Mme Ashdale. Je ne veux pas qu'elle s'inquiète.

— Je vais probablement y retourner demain, si vous le permettez, dis-je. DeVon vous a écrit un mot.

DeVon Loomis est responsable du programme de photo. Je lui ai demandé d'écrire un mot pour que Mme Ashdale ne s'imagine pas que je veux faire l'école buissonnière. Je le sors de ma poche et le lui donne. Elle ne le lit pas. Elle se contente de sourire et le pose près de son assiette.

— J'aimerais bien voir ce que tu as fait jusqu'à présent, dit-elle. Tu pourrais peut-être me le montrer lorsque nous aurons fini de ranger la cuisine.

— Bien sûr, dis-je.

Il faut reconnaître que les Ashdale s'intéressent réellement à ce que je fais. Ils ne font pas semblant. Ils écoutent vraiment lorsque je leur raconte ma journée ou leur parle de mes devoirs. C'est donc avec empressement que je sors mon appareil et montre mes photos à Mme Ashdale plus tard dans la soirée. Elle s'exclame d'admiration devant les meilleures et pose beaucoup de questions.

— Qui est-ce? demande-t-elle, pointant son index vers l'écran.

— Juste un gars qui se trouvait là, dis-je.

C'est un homme d'âge moyen, appuyé sur une pelle. Il est dans le coin inférieur de deux de mes photos.

— J'ai besoin de ces images. J'ai pensé que je pourrais le supprimer de la photo finale.

— On peut faire ça? demande Mme Ashdale, d'une voix où perce la surprise.

— Avec le logiciel qu'ils ont au centre communautaire, on peut faire n'importe quoi, dis-je.

Je veux lui montrer le reste de mes photos, mais nous sommes interrompus par un fracas et un cri d'Alan :

— Tricia pique encore une crise!

Mme Ashdale soupire.

— Si tu ne l'as pas encore fait, tu devrais sauvegarder tes photos, Ethan.

On croirait entendre DeVon. Il passe son temps à me dire de sauvegarder mes photos.

— Je le ferai, dis-je. Dès que j'aurai pris les dernières photos dont j'ai besoin.

Mme Ashdale monte l'escalier en courant pour s'occuper de Tricia. Je regarde de nouveau mes photos et détermine ce dont j'ai besoin pour compléter mon projet. Rien de plus facile, me dis-je.

Chapitre trois

Je me lève tôt le lendemain et prépare deux sandwiches au beurre d'arachides. Je les glisse dans mon sac à dos avec une orange et une bouteille d'eau. Puis je me mets en route. Je dois prendre deux autobus urbains et un autre de banlieue avant d'arriver en vue du parc.

Le chauffeur me dépose au bord d'une route à deux voies. Je la traverse en courant et marche sur l'accotement jusqu'à un chemin secondaire en gravier. Après quinze minutes, je quitte le chemin de gravier et prends un sentier qui mène dans la forêt où M. Ashdale m'a emmené.

C'est frais et paisible parmi les arbres. Ca sent le pin et les fleurs sauvages et j'entends le murmure d'un ruisseau. De temps à autre, un écureuil traverse le sentier en courant et des oiseaux chantent dans la cime des arbres. J'aimerais pouvoir reconnaître les oiseaux à leur cri, mais je ne peux pas. Il faut que je les voie pour les identifier et je n'en connais que quelques-uns, les plus usuels : merles, geais bleus, pigeons, goélands, aigles et hiboux. Et, bien sûr, les faucons.

Je sors la carte que M. Ashdale m'a donnée et que j'ai annotée pour retrouver les endroits intéressants. Je l'utilise pour me guider vers l'arbre où j'ai aperçu les faucons. Ils ne sont pas dans leur nid. Je m'installe donc pour les attendre.

Le calme et la patience sont des atouts lorsqu'on cherche à voir des oiseaux. C'est ce que dit M. Ashdale. Les gens de mon ancien quartier, celui où je vivais avant d'être placé en famille d'accueil, vous diraient que je ne suis ni calme ni patient. En temps normal, s'entend. Mais le fait de me retrouver dans la forêt lorsqu'il n'y a personne autour me rend calme et paisible. Et de scruter le sommet des arbres à travers des jumelles ou l'objectif d'un appareil photo me porte à être plus attentif à ce que je regarde. Une heure s'écoule sans que je m'en rende compte et je ne suis pas du tout impatient ou pressé de voir arriver les faucons.

Je sors un sandwich et le mange tout en gardant un œil sur la cime des arbres. Je pèle mon orange et la mange aussi. Je m'apprête à commencer mon second sandwich lorsque j'aperçois mes deux faucons, haut dans le ciel bleu, qui exécutent une danse lente, tournoient, descendent en piqué et étendent finalement leurs ailes avant de se poser sur leur nid.

J'ai capté quelques bonnes images. Puis, lorsqu'ils sont dans leur nid, je me glisse au pied de l'arbre et pointe mon appareil directement vers le haut. J'aperçois à peine le nid tellement il est loin. Je prends une photo. Puis je sors mon zoom à mi-course afin de distinguer les petites branches, les feuilles et les brindilles qui composent le nid. Je prends une autre photo. Puis je pousse mon zoom au maximum pour prendre le plus gros plan possible et appuie sur le bouton. Je retourne à l'endroit où j'étais assis, prends mon second sandwich et le mange tranquillement.

C'est déjà le milieu de l'après-midi et je n'ai à peu près rien fait d'autre que rester assis, observer et attendre. Mais je tiens enfin ce que je suis venu chercher. Je vérifie que je ne laisse rien derrière moi — comme M. Ashdale me l'a appris — et retourne à la route pour attendre le bus.

Je suis encore assez relax lorsque j'arrive en ville. J'ai hâte de montrer mes nouvelles photos à Mme Ashdale. Je sais qu'elle les appréciera. À cette pensée, je fredonne un air entraînant et accélère le pas. Lorsque j'arrive au bout de notre rue, j'aperçois deux voitures de police stationnées devant la maison des Ashdale. Il n'y a pas si longtemps, je me serais mis à trembler, convaincu qu'ils venaient pour moi. Mais je n'ai rien fait de mal depuis que je vis chez les Ashdale. Je n'ai donc rien à craindre. Je monte la rue en courant pour voir ce qui est arrivé.

Mme Ashdale est debout devant la maison et parle à un policier en uniforme. Elle me fait un signe de la tête lorsqu'elle m'aperçoit et le policier se retourne. L'agent Firelli. C'est bien ma chance! Il m'a déjà arrêté à quelques reprises au fil des ans.

— Bonjour, Ethan, dit-il avec un petit sourire narquois.

Il tient à me faire savoir qu'il n'a pas oublié mon passé de délinquant.

Je choisis de l'ignorer.

— Qu'est-ce qui est arrivé? dis-je à Mme Ashdale. Et les enfants?

— Les enfants vont bien, dit Mme Ashdale. J'ai envoyé Meaghan les attendre à l'arrêt d'autobus.

Meaghan a le même âge que moi. Elle habite tout près.

— Quelqu'un est entré par effraction pendant que j'étais partie magasiner, dit-elle.

— Est-ce qu'ils ont pris quelque chose?

— C'est bien là le plus étrange, dit Mme Ashdale. Rien ne semble avoir disparu. Mais tout est sens dessus dessous. Ça va prendre un temps fou pour tout remettre à sa place.

— Quelqu'un est entré par effraction et n'a *rien* pris?

Difficile à comprendre. Puis, tout d'un coup, mon cœur fait un bond.

— Ils devaient être encore dans la maison lorsque vous êtes arrivée. Vous les aurez surpris. Vous auriez pu être blessée, Mme Ashdale.

C'est bien la dernière chose que je voudrais voir arriver. J'aime beaucoup Mme Ashdale. Elle ne mérite pas qu'un accro en manque s'attaque à elle.

— Et *toi*, Ethan, peux-tu nous éclairer sur ce qui est arrivé aujourd'hui? demande l'agent Firelli.

Il n'a pas encore trente ans et c'est un dur. J'ai toujours eu l'impression qu'il ne m'aimait pas.

— Moi? Que voulez-vous dire?

Il secoue la tête comme si je n'avais pas réussi à additionner cinq plus cinq, même en comptant sur mes doigts.

— Allons, Ethan, dit-il. Essaies-tu de prétendre que tu n'étais pas responsable du cambriolage chez Mme Girardi lorsque tu vivais chez elle?

J'échange un regard avec Mme Ashdale. Mes joues sont brûlantes. Ce que vient de dire l'agent Firelli est vrai. Lorsqu'on m'a placé en famille d'accueil pour la première fois, je me suis rebellé. Après deux semaines chez Mme Girardi, mon ancien groupe d'amis et moi avons défoncé la porte de derrière, saccagé la maison, pris l'argent que nous avons trouvé et tout objet susceptible d'être vendu.

Des voisins nous ont vus sortir. Ils n'ont reconnu que moi et je n'allais certainement pas dénoncer mes amis. Mais Mme Girardi a refusé de porter plainte. Elle a haussé les épaules et dit qu'elle et moi allions devoir nous habituer l'un à l'autre. Puis elle a commencé à remettre la maison en ordre.

Je l'ai observée pendant quelques minutes, puis j'ai décidé de l'aider. Je me suis senti coupable lorsque je l'ai vue prendre un album photos qui avait été jeté par terre. Certaines photos étaient tombées et quelqu'un les avait déchirées. Elle a eu l'air triste en les ramassant, mais elle n'a pas dit un mot, ce qui m'a fait sentir encore plus coupable. J'avais l'habitude de me faire crier après ou punir lorsque je faisais quelque chose de mal. Pas cette fois-ci. Après cet incident, Mme Girardi et moi nous sommes très bien entendus — jusqu'à ce qu'elle fasse une crise cardiaque.

Je ne sais pas si Mme Ashdale est au courant de cet épisode de mon passé, mais n'ai pas envie de lui en parler. C'est trop embarrassant. Elle n'a rien eu à me reprocher depuis que j'habite chez elle. Je ne veux pas qu'elle pense que je suis encore le délinquant que j'étais avant.

— Ça va, Ethan, dit Mme Ashdale d'une voix douce. Rappelle-toi que le passé, c'est le passé.

C'est ce qu'elle et M. Ashdale m'ont dit lorsque je suis arrivé chez eux : Le passé, c'est le passé et le présent, c'est le présent. J'ai pensé : Ouais, c'est le genre de chose que disent les adultes. Parler, c'est facile. Agir en conséquence, ça l'est moins. Mais je sais que Mme Ashdale est sincère.

— Je n'ai rien à voir avec ce qui s'est passé, dis-je à l'agent Firelli. Je n'étais même pas en ville aujourd'hui.

— Ah non?

Il n'a pas l'air de me croire. Pire, on dirait qu'il ne *veut* pas me croire.

— Et tes amis? Qu'est-ce qu'ils deviennent?

— Comment voulez-vous que je le sache?

Mme Ashdale me lance un regard de mise en garde. Je sais ce qu'elle veut dire : reste calme.

— Ça fait presque un an que je n'ai vu aucun de ces gars-là, dis-je. Je ne les fréquente plus.

— En es-tu bien certain, Ethan? demande l'agent Firelli.

Son ton est tellement arrogant que j'ai envie de lui donner un coup de poing sur le nez. Mais je me retiens. Je tourne plutôt mon regard vers Mme Ashdale. Elle me regarde droit dans les yeux, avec intensité, puis me fait un signe de la tête.

— J'en suis certain, dis-je. Et si ça ne vous dérange pas, *et même si ça l'avait dérangé*, je vais entrer et commencer à nettoyer.

Mme Ashdale me touche le bras lorsque je passe près d'elle.

— Je te rejoins dans un moment, dit-elle.

Mme Ashdale ne blaguait pas. La maison est un désastre. Tous les tiroirs ont été renversés. Chaque armoire a été saccagée. Les bibliothèques ont été vidées. Les matelas, les oreillers, les draps et les couvertures gisent par terre. Le calendrier où Mme Ashdale note les rendez-vous de tout le monde a été arraché du frigo et traîne sur le plancher de la cuisine.

— Vous êtes certaine que rien ne manque? dis-je à Mme Ashdale lorsqu'elle rentre enfin.

— J'imagine que nous le saurons lorsque nous aurons tout remis en place, dit-elle.

Nous nous mettons au travail. Lorsque Meaghan ramène Alan et Tricia, ils s'y mettent aussi. Ainsi que M. Ashdale lorsqu'il revient du travail. Nous y passons la majeure partie de la soirée, mais nous parvenons enfin à tout remettre à sa place.

— Rien n'a disparu, dit Mme Ashdale en s'affalant sur le sofa.

— C'est donc que vous les avez interrompus, dis-je.

— Possiblement, dit M. Ashdale. Ou bien ils cherchaient quelque chose en particulier, Anna.

— Comme quoi? demande Mme Ashdale. Nous n'avons rien qui vaille la peine d'être volé.

C'est vrai. La maison n'est pas mal et il y a toujours amplement à manger. Mais les meubles sont fatigués, la télé est vieille, le lecteur DVD est un modèle bon marché et l'ordinateur est si vieux qu'il ne supporterait pas la moitié des logiciels que nous utilisons au centre communautaire. Il faudrait être dérangé pour espérer trouver un objet de valeur dans la maison des Ashdale.

Chapitre quatre

Je dois faire un effort pour avaler la
pizza que M. Ashdale a fait livrer pour
nous récompenser, Alan, Tricia et moi,
d'avoir travaillé si fort à remettre la
maison en ordre. Je ne dors pas bien
non plus cette nuit-là. Mon sommeil
est agité et j'envie Alan, qui semble
dormir comme une bûche aussitôt
qu'il pose sa tête sur l'oreiller. J'ai des

remords d'avoir menti par omission.

Lorsqu'on m'a placé en famille d'accueil, ma travailleuse sociale a dit que ce serait bon pour moi. Qu'au moins ça m'éloignerait des jeunes que je fréquentais et qui aspiraient à devenir membres d'un gang. J'étais un de ces jeunes-là moi aussi. Lorsque vous êtes dans un gang, vous faites partie d'un groupe. Vous avez des alliés qui vous protègent. On vous montre du respect. Vous avez un repaire. Une nette amélioration par rapport au taudis que je partageais avec mon loser de père. Il a fini par se faire arrêter parce qu'il faisait partie d'un réseau de voleurs d'autos. Il y jouait un rôle mineur : il démantelait des autos pour les pièces. Mais il savait que les autos étaient volées. Le procureur savait que mon père savait. Il lui a proposé un marché : S'il plaidait coupable, il passerait peu de temps en prison. S'il avouait tout ce qu'il savait, il aurait une sentence suspendue. Mon père a refusé. Ce qui fait que le juge l'a condamné à une longue peine de prison et que moi, je me suis retrouvé chez Mme Girardi. Je ne voulais pas y aller. Je détestais que d'autres décident à ma place où j'allais vivre. C'est alors que mes amis et moi avons saccagé la maison. Je n'en voulais pas à Mme Girardi. J'en voulais plutôt à mon père. C'était la dernière fois que je voyais *tous* mes vieux copains ensemble. Mais pas la dernière fois que j'en voyais *un* en particulier.

Il y a quelques semaines, juste avant la fin des classes, je suis retourné dans le quartier où vit Mme Girardi. Elle a toujours été bonne pour moi et je voulais prendre de ses nouvelles. Je suis content d'y être allé. Elle était si heureuse de me voir. Mais maintenant que j'y pense, ça me rend triste. Sa santé n'était pas très bonne. Elle avait des tubes dans les narines reliés à une grosse bouteille d'oxygène posée à côté de son fauteuil. Elle avait perdu beaucoup de poids et sa peau était grisâtre. Lorsque je vivais avec elle, elle était toujours occupée à quelque chose. Mais lors de ma visite, elle ne s'est même pas levée une seule fois. Elle m'a fait pitié et je lui ai promis de revenir.

Sur le chemin du retour vers la maison des Ashdale, j'ai rencontré Tilo, un de mes vieux amis. *Rencontré* est peut-être un terme mal choisi.

Tilo se dirigeait vers moi en courant. J'ai vite compris pourquoi. Il était poursuivi par trois gars. Je les ai reconnus — c'était des Triple-Six, des durs qui avaient pris pour nom l'adresse de la tour d'habitation où vivaient les premiers membres du gang. Ils étaient les rivaux des gars que je fréquentais. Tilo m'a croisé à toute vitesse dans la rue et s'est éclipsé dans une ruelle.

Ça se voyait qu'il avait peur. Sans réfléchir, j'ai tendu le pied lorsque les Triple-Six sont passés. Le premier gars a trébuché et s'est aplati par terre. Le deuxième est tombé sur le premier. Le troisième a failli tomber, mais à la dernière minute, il a sauté par-dessus ses copains et s'est retourné pour me regarder. J'ai vu dans ses yeux qu'il avait changé de cible. Il ne s'intéressait plus à Tilo. C'est moi qu'il voulait.

Je suis parti comme un éclair.

Je ne me suis pas retourné, mais j'entendais ses pas résonner sur l'asphalte derrière moi.

J'ai sprinté vers la rue principale. Il y aurait beaucoup de gens et je serais plus en sécurité — peut-être.

Une main m'a saisi l'épaule. J'ai tenté de m'en débarrasser. Une seconde main a saisi mon autre épaule. En deux temps, trois mouvements, je me suis retrouvé sur le trottoir. Le gars qui me poursuivait s'est jeté sur moi, mais j'ai réussi à l'esquiver et il a atterri durement sur le béton. J'ai voulu me relever, mais il a saisi ma jambe et m'a fait retomber. Je lui ai donné un coup de pied avec ma jambe libre. À son cri de douleur, j'ai compris que le coup avait porté. Je me suis relevé et suis parti à courir, mais en boitant.

Je suis arrivé à la rue principale juste à temps pour voir un autobus qui s'arrêtait de l'autre côté de la rue. Je me suis rué parmi les autos pour l'atteindre. J'y suis parvenu juste au moment où il se remettait en marche. Le gars qui me poursuivait arrêtait le trafic pour me rejoindre. J'ai frappé du poing sur la porte de l'autobus. Le chauffeur l'a finalement ouverte et j'ai sauté à bord. La porte s'est refermée et le bus s'est mis en branle. Mon poursuivant a donné des coups de poing dans la porte, mais le bus avait pris de la vitesse. Il était trop tard pour arrêter. J'ai vu par la fenêtre son regard furieux. Il m'a fixé en imitant un pistolet avec ses doigts. J'ai donné mon ticket et suis allé m'asseoir à l'arrière du bus. J'ai vu le gars qui regardait encore le bus en faisant un bras d'honneur.

J'ai pensé à ce gars-là toute la nuit après l'effraction chez les Ashdale. Les Triple-Six sont des durs. Ils ne tolèrent pas qu'on leur manque de respect ou qu'on se mêle de leurs affaires, comme je l'ai fait. Et s'ils avaient réussi à attraper Tilo? S'ils le forçaient à leur dire où je vis? Mais Tilo le sait-il? Je ne me rappelle pas si je le lui ai dit ou non. Mais si c'était le cas? Aurait-il parlé? Après tout, j'ai fait mon possible pour l'aider. Mais il ne le sait peut-être pas. Il avait déjà disparu dans la ruelle au moment où j'ai tendu mon pied. Il n'a pas vu les gars trébucher.

Je pense encore aux Triple-Six le lendemain matin et je regarde de chaque côté de la rue avant de me mettre en route vers le centre communautaire. Je reste aux aguets tout le long du trajet. Je pense aux autres jeunes qui fréquentent le centre. Est-ce que certains ont déjà fait partie des Triple-Six? Est-ce que certains connaissent encore des membres du gang? Si quelqu'un leur posait des questions à mon sujet, parleraient-ils? Des membres du gang m'attendraient-ils au centre? Ou bien m'attaqueraient-ils sur le chemin du retour? Je commence à regretter d'avoir rendu visite à Mme Girardi.

Personne ne me suit en cours de route vers le centre. Personne ne m'y attend non plus. Je pousse un soupir de soulagement lorsque je ne reconnais que des visages familiers. Puis DeVon me fait signe d'approcher.

— Hé, Ethan, dit-il, quelqu'un te cherchait hier.

Ma gorge se serre. Mon pire cauchemar se réalise. J'essaie de cacher mes sentiments, mais c'est difficile. Je tremble de la tête aux pieds.

Chapitre cinq

— Qui était-ce?

— Un policier.

J'ai envie de rire.

— Un policier?

— Ouais.

Pas un Triple-Six. Un policier. Je préfère un policier, surtout maintenant.

— Que voulait-il?

— Il posait des questions à ton sujet, du genre depuis combien de temps tu fais partie du programme, depuis quand les moniteurs te connaissent, si tu fais encore partie d'un gang, des choses comme ça.

Il semblerait que l'agent Firelli me soupçonne encore d'être impliqué dans l'effraction d'hier chez les Ashdale.

— Qu'est-ce que tu lui as répondu?

— Qu'est-ce que je pouvais lui dire? Je ne te connais pas depuis très longtemps. J'ai donc dû inventer un peu : que tu arrives tous les jours à l'heure, que tu es sérieux, que tu as changé ta façon de voir les choses, que tes photos sont parmi les meilleures du programme…

Il me sourit de toutes ses dents. Tout ce qu'il a dit à Firelli est vrai — sauf pour la dernière partie.

— Qu'est-ce que tu veux dire, *parmi* les meilleures? Je pensais qu'elles étaient tout simplement *les* meilleures.

— Je lui ai dit aussi combien tu es modeste et sans prétentions, dit DeVon.

Puis il devient sérieux.

— Est-ce qu'il y a quelque chose que je devrais savoir, Ethan?

— Qu'est-ce que tu veux dire?

— Les policiers n'ont pas l'habitude de poser des questions sans raison.

— Ma maison a été cambriolée hier. C'est probablement pour ça qu'il enquête.

— Il n'a pas parlé de cambriolage, dit DeVon. Il a seulement posé des questions à ton sujet et je lui ai dit ce que je savais — toute la vérité et rien que la vérité.

— Il a demandé autre chose?

— Pas vraiment. Mais il s'intéresse beaucoup au programme *En images*. Il m'a demandé en quoi ça consiste. Le genre de projets sur lesquels vous travaillez. Il voulait voir des photos — surtout les tiennes.

J'imagine que Firelli s'intéresse à mes photos parce qu'il s'attend à ce qu'elles soient étranges et morbides.

— Lui en as-tu montré?

— Comment est-ce que j'aurais pu? répond DeVon. J'ai dû lui dire que tu n'as jamais sauvegardé une seule photo depuis que tu as commencé ce projet, bien que je te harcelle sans cesse. Tu vas le regretter, Ethan. Il suffit que tu échappes ton appareil ou que tu le perdes, et tout ton travail disparaît pour toujours.

— Je ne veux pas que les autres regardent mes photos, dis-je.

— Tu n'as qu'à les protéger avec un mot de passe. Sans blague, Ethan. Tu ne veux pas tout perdre, n'est-ce pas?

— Je vais y penser. Je veux d'abord voir ce que j'ai et décider comment le présenter.

— Comme tu voudras, dit DeVon.

Je me réjouis de ne pas avoir

sauvegardé mes photos sur l'ordi du centre. Je suis fier de mes photos, mais je ne veux pas que l'agent Firelli les regarde, surtout sans ma permission.

— Je vais faire une sauvegarde aussitôt que j'aurai toutes les images dont j'ai besoin, dis-je. Promis.

DeVon soupire.

— Des promesses, toujours des promesses, dit-il. Si chaque personne qui m'a fait une promesse m'avait donné un dollar...

Il n'a pas besoin de finir sa phrase. Je l'ai entendue des dizaines de fois déjà. DeVon serait millionnaire.

Sara s'approche de moi. Elle est si mignonne qu'on se demande comment elle a pu se retrouver dans un programme comme celui-ci.

— Le policier a regardé mes photos, dit-elle. Il m'a posé des questions à ton sujet.

— Ah bon?

J'aime bien Sara. Si j'étais plus audacieux, je l'inviterais à sortir avec moi.

— Qu'est-ce que tu lui as dit?

— Qu'est-ce que tu en penses?

Je n'ai pas la moindre idée. Et ça m'embête. Si je savais ce qu'elle pense de moi, je pourrais décider si je dois l'inviter ou pas.

— Je n'ai dit que du bien, c'est sûr. Que tu es sérieux. Que tu apportes ton appareil partout avec toi au cas où tu verrais quelque chose à photographier. Que tu fais de la course, dit-elle en souriant. Je te vois courir tous les dimanches matin dans le ravin du cimetière.

— Sans blague?

Je suis étonné. Je ne l'ai jamais vue.

— Ouais, dit-elle. Et que tu t'arrêtes parfois soudainement pour prendre une photo. Tu vois? Que du bien, dit-elle en souriant encore.

Je lui rends son sourire. Je vais peut-être l'inviter. Je pense qu'elle pourrait accepter.

Mme Ashdale m'appelle dès que je mets le pied dans la maison à la fin de l'après-midi. Elle est assise au salon, dans son fauteuil de lecture. Mme Ashdale lit beaucoup, et pas des choses légères. Elle a toujours quelques livres en cours. Ce sont habituellement de gros livres épais qui parlent d'histoire, de politique, de psychologie ou d'environnement. Elle est la femme la plus intelligente que j'aie jamais rencontrée. Mais elle n'est pas en train de lire lorsque je réponds à son appel. Elle a les doigts enlacés. Il y a quelque chose qui cloche.

— L'agent Firelli est venu cet après-midi, dit-elle.

Il ne chôme pas, celui-là.

— Qu'est-ce qu'il voulait? A-t-il découvert qui a saccagé la maison?

Mme Ashdale ne dit rien pendant quelques secondes. Elle me regarde comme si elle se posait une question. Mais laquelle?

— Il a dit qu'il a parlé à des gens de ton ancien quartier, dit-elle enfin. Ethan, est-ce qu'il y a quelque chose que je devrais savoir?

Que peut-elle vouloir dire?

— À quel sujet? dis-je.

Elle soupire. Je sais que ce n'est pas bon signe.

— Il dit qu'il a appris de source sûre que tu as été impliqué dans une bagarre il y a quelques semaines. Avec des membres d'un gang. Est-ce vrai?

L'agent Firelli a toujours eu une mauvaise opinion de moi. Il ne m'aime pas. Eh bien, devinez quoi? Je ne l'aime pas moi non plus.

— Pas tout à fait, dis-je.

— Assieds-toi, Ethan, dit Mme Ashdale.

Je m'assois.

— Qu'est-il arrivé? demande-t-elle. Pourquoi n'en as-tu pas parlé à Bill ou à moi?

— Parce que je pensais que ça n'avait pas d'importance.

Je lui raconte exactement ce qui est arrivé.

— Je peux comprendre pourquoi tu as voulu aider ton ami, dit-elle. Mais le gars qui t'a poursuivi était vraiment enragé. Penses-tu qu'il aurait cherché à te retrouver? À se venger?

Je voudrais lui dire non. Je voudrais lui dire que ce n'est pas grave parce que je ne veux pas qu'elle s'inquiète pour moi. De plus, je ne veux pas que les Ashdale décident de me renvoyer. Mais je ne peux pas lui mentir. Pas maintenant, après ce que l'agent Firelli lui a dit.

— Je ne sais pas, dis-je en toute honnê-
teté. Vous connaissez leur réputation?

Elle fait oui de la tête.

— J'y ai beaucoup réfléchi et je suis
pas mal certain de n'avoir dit à aucun
de mes anciens copains que j'habite ici
maintenant. Et j'ai fait ce que tout le
monde me disait de faire — j'ai oublié
le passé. Je ne suis retourné dans ce
quartier que pour visiter Mme Girardi.

— Je vais devoir en parler à Bill,
dit-elle.

J'ai la nausée. Est-elle fâchée? Va-
t-elle essayer de se débarrasser de moi?

— Nous voulons te protéger du
danger, Ethan. Tu as une conduite
exemplaire depuis que tu vis avec nous.
Et Mme Girardi pense que tu es un bon
garçon.

— Vous avez parlé de moi avec
Mme Girardi?

Elle ne l'a jamais mentionné
auparavant.

— Bien sûr. Elle n'était pas du tout fâchée. Elle était triste de devoir te laisser partir. Elle nous a fait promettre de prendre bien soin de toi. Mais ce n'est pas facile si tu ne nous dis pas tout. Tu comprends ça, n'est-ce pas?

J'incline la tête. J'ai honte de ne pas lui avoir parlé avant de l'incident des Triple-Six.

— Si tu vois un de ces gars-là, tu dois le dire immédiatement à Bill ou à moi. Entendu?

— Entendu, dis-je.

— Promis?

— Promis.

— Y a-t-il autre chose que je devrais savoir?

Je secoue la tête. Elle sait tout maintenant.

J'espère ne plus jamais revoir un Triple-Six. Mais nos espoirs ne se réalisent pas toujours.

Chapitre six

— N'oublie pas ton rendez-vous demain, me dit Mme Ashdale après le souper.

— Mon rendez-vous?

— Regarde sur le frigo.

Je regarde le calendrier sur le frigo et je vois : *Ethan, Dr Finstead, 11 h. Ethan et Anna, Centre Eaton, midi*. Je pousse un gémissement. Le Dr Finstead est dentiste. Lorsque je vivais avec mon père, je n'allais jamais chez le dentiste. La première chose que Mme Girardi a faite lorsque je suis arrivé chez elle a été de combler cette lacune. J'avais tellement de caries qu'il a fallu trois séances pour les traiter. J'ai alors décidé que je détestais aller chez le dentiste. Je déteste le bruit de la fraiseuse. Je déteste l'odeur qui se répand lorsque le dentiste l'utilise. Ça me donne la nausée. Mais Mme Ashdale est encore plus fanatique des dentistes que Mme Girardi. Nous devons tous y aller pour un examen et un nettoyage deux fois par année. Et nous devons utiliser la soie dentaire tous les jours.

Je me retrouve donc chez le Dr Finstead le lendemain. L'hygiéniste gratte la plaque de mes dents. Puis elle les nettoie avec une petite machine qui émet un son aigu. Ensuite elle les polit. Lorsqu'elle a terminé, je me rince la bouche et il y a du sang. Mais mes dents sont super. Je ne peux m'empêcher de me passer la langue dessus.

Enfin, le dentiste m'examine. Je retiens mon souffle tandis qu'il cherche des caries.

— Tout est beau, Ethan, dit-il finalement.

Je quitte son bureau avec une nouvelle brosse à dents, un échantillon de soie dentaire et un rendez-vous dans six mois.

Je me dirige vers le Centre Eaton pour rencontrer Mme Ashdale. C'est bientôt l'anniversaire d'Alan et elle veut que je l'aide à choisir un cadeau. Ensuite, nous irons au restaurant. Croyez-le ou non, j'ai hâte. J'aime être avec Mme Ashdale. Elle est non seulement gentille, mais aussi très intéressante. J'apprends toujours quelque chose avec elle. La plupart du temps, elle dit des choses qui me font réfléchir.

Je dois la rencontrer à l'entrée principale du centre commercial. Je jette un coup d'œil à ma montre. J'ai dix minutes d'avance. Je m'y rends quand même tout de suite. Il se passe toujours quelque chose d'intéressant à l'extérieur du centre : des gars qui font des croquis des passants pour dix ou vingt dollars, des musiciens, dont certains sont excellents, des artistes qui exécutent de grands tableaux à la craie sur le trottoir.

Je me promène tout en admirant des portraits au fusain de Jimi Hendrix, John Lennon, John Wayne et Brad Pitt qu'expose l'un des artistes. À ce moment-là, je ne sais pas pourquoi, je regarde de l'autre côté de la rue. Il y a une place publique avec une estrade où l'on donne parfois des concerts gratuits. Mais la plupart du temps, les gens ne s'y arrêtent que pour flâner ou manger leur lunch s'il fait beau.

C'est peut-être ce qui m'amène à regarder de ce côté-là — voir s'il se passe quelque chose d'intéressant. Mon cœur s'arrête de battre lorsque je l'aperçois.

C'est le gars qui m'a poursuivi jusqu'à l'autobus dans le quartier de Mme Girardi.

Et il n'est pas seul.

Il est accompagné des deux gars que j'ai fait trébucher. Il y a aussi quatre ou cinq autres gars, tous des Triple-Six. Ils se tiennent debout devant la place, indifférents au fait qu'ils bloquent le trottoir. Ils ne remarquent pas que les gens les regardent de travers lorsqu'ils doivent marcher dans la rue pour les éviter. Ils sont trop occupés à scruter la foule de mon côté de la rue, comme s'ils cherchaient quelqu'un. Je me baisse la tête rapidement. Il faut que je m'éclipse.

La tête toujours baissée, je me retourne et jette un coup d'œil en direction de la rue. J'aperçois Mme Ashdale qui attend pour traverser. Je me dis que je devrais aller la rejoindre en courant. Puis j'entends un cri. Je ne peux m'empêcher de me retourner.

Des gens de mon côté de la rue sont figés comme des statues et regardent de l'autre côté. D'autres se sauvent à toutes jambes. Je regarde moi aussi de l'autre côté et je comprends pourquoi. Parmi les Triple-Six, il y a un gars qui porte une tuque enfoncée jusqu'aux yeux et qui tient un pistolet. Il le braque de notre côté. Et tire.

Bang!

Des gens crient. D'autres courent. Le trafic s'arrête pile. J'entends une autre détonation. Celle-ci est différente — on dirait une collision entre deux voitures.

Bang!

Quelque chose siffle à mon oreille.

— Ethan! crie une voix.

C'est Mme Ashdale.

Je me jette sur le trottoir.

Les Triple-Six sont toujours devant la place, mais ils regardent de tous les côtés, comme s'ils n'arrivaient pas à comprendre ce qui est arrivé. L'homme à la tuque a disparu.

J'entends des sirènes.

Les Triple-Six se regardent les uns les autres. Puis ils prennent la fuite.

Une voiture de police arrive. Puis une autre.

Je me relève. Mme Ashdale vient vers moi en courant et m'attrape par les épaules. Elle m'examine, puis me serre dans ses bras. Elle est de toute évidence soulagée de voir que je ne suis pas blessé. Elle se fait vraiment du souci pour moi.

— Quelqu'un aurait pu être tué, dit-elle.

Elle ne cesse de le répéter, comme si elle avait peine à croire ce qui vient d'arriver. Je trouve ça difficile à croire moi aussi.

— Les Triple-Six ne respectent personne, dis-je.

— Quoi? demande Mme Ashdale d'un ton surpris. Tu sais qui a tiré?

— Je n'ai pas reconnu le gars qui tenait le pistolet, dis-je. Mais il était avec des Triple-Six.

D'autres sirènes retentissent. Des policiers sortent de leurs voitures. Ils se dispersent et essaient de calmer la foule et, je suppose, de trouver des témoins de l'incident.

—Monsieur l'agent, dit Mme Ashdale. Monsieur l'agent!

Un policier se tourne vers elle.

— Mon fils a vu ce qui s'est passé, dit-elle.

Son fils? Je ne l'ai jamais entendue m'appeler comme ça avant. Ça me fait plaisir.

Je ne suis pas seul à l'avoir entendue.

— Eh bien, dit une voix familière. Regardez qui est ici.

C'est l'agent Firelli.

— Il a vu ce qui est arrivé, dit le premier policier.

— Vraiment?

L'agent Firelli fait un salut de la tête à Mme Ashdale.

— Madame, dit-il.

C'est une de ces personnes qui sont polies envers les adultes mais pas envers les jeunes.

— Tu as vu qui a tiré, Ethan?

Je fais signe que oui.

— Tu sais leurs noms?

— Non.

— Mais tu les connais?

— Oui.

— Montre-moi exactement où tu étais lorsque c'est arrivé.

Je retourne là où j'étais lorsque le premier coup est parti.

— Bon, Ethan, dit l'agent. Reste ici. Un détective va vouloir te parler.

Il demande au premier policier de me garder à l'œil.

Une heure plus tard, je suis au poste de police avec Mme Ashdale, en train de faire une déposition à un détective nommé Catton. L'agent Firelli écoute. Lorsque j'ai fini de parler, Catton me pose une question :

— Alors, tu as reconnu au moins trois des gars qui étaient de l'autre côté de la rue, n'est-ce pas?

— Oui.

— Et, pour autant que tu saches, ces trois-là et les autres font partie d'un gang qui s'appelle les Triple-Six?

Je fais signe que oui.

— Mais tu ne connais pas leurs noms?

— Non.

— L'agent Firelli me dit que tu t'es bagarré avec certains de ces gars-là il y a quelques semaines. Penses-tu que c'est toi qu'ils visaient?

— Je ne sais pas, dis-je. J'espère bien que non.

—As-tu vu un des membres du gang avec une arme à feu?

— Non.

— Mais tu as vu un autre homme avec une arme. Il portait une tuque et tu n'as pas pu voir son visage. Mais tu penses qu'il ne fait pas partie du gang, c'est bien ça?

— Ouais. Il était habillé différemment. Et il avait l'air plus vieux.

— Je croyais que tu n'avais pas vu son visage.

— C'est sa façon de s'habiller. On aurait dit un homme plus vieux. À peu près de votre âge.

Le détective Catton croise les bras et soupire. Il échange un regard avec l'agent Firelli avant de revenir à moi.

— Si j'ai bien compris, tu as déjà été impliqué avec des gangs, Ethan.

— Ça, c'est du passé, dit fermement Mme Ashdale.

— Je vous en prie, madame, dit Catton poliment. Ethan doit répondre lui-même à ces questions.

— J'ai déjà fréquenté certains gars, dis-je.

— Des rivaux des Triple-Six, ajoute Catton.

— Ouais. Mais je n'ai jamais fait partie d'un gang. Et j'ai cessé de les fréquenter.

Un autre policier fait un signe à l'agent Firelli, qui se lève et va le rejoindre. Il revient quelques minutes plus tard et chuchote quelque chose à l'oreille de Catton.

Catton réfléchit, puis me fixe d'un air grave.

— Es-tu certain de m'avoir tout dit, Ethan?

Où veut-il en venir?

— Oui, dis-je.

— Et tu as répondu honnêtement à toutes mes questions?

— Oui.

— Je sais comment ça se passe dans les gangs, Ethan. Je sais que les gens n'aiment pas parler lorsqu'il s'agit de gangs. Ils ont peur de ce qui pourrait leur arriver.

— Je n'ai pas peur, dis-je.

— Mais tu viens de me dire que tu n'as vu aucun Triple-Six avec une arme — seulement cet homme avec une tuque, que tu n'avais jamais vu avant. C'est bien ça, n'est-ce pas?

— Oui.

Je me demande ce que Catton attend de moi. Veut-il que j'invente des histoires pour lui faire plaisir?

— D'autres témoins ont vu un membre du gang avec un pistolet, Ethan.

— Je ne l'ai pas vu.

— Nous avons aussi un rapport préliminaire du spécialiste des armes à feu. Et un autre des agents qui ont examiné la scène du crime. Il y avait deux pistolets, Ethan. Nous avons récupéré les balles. Elles se trouvaient tout près de l'endroit où tu étais. Il semblerait que tu étais la cible.

Chapitre sept

Mme Ashdale a le souffle coupé par la surprise.

— Vous voulez dire que quelqu'un a voulu tuer Ethan?

— Je dis seulement où nous avons trouvé les balles, madame. Et compte tenu des événements passés et récents…

Il se tourne de nouveau vers moi.

— Veux-tu nous aider, Ethan? Veux-tu regarder des photos pour voir si tu peux identifier les Triple-Six qui étaient là aujourd'hui?

— Bien sûr que oui, dit Mme Ashdale.

Le détective Catton a raison. La plupart des gens ont peur de dénoncer les membres d'un gang. Je suis comme tout le monde. J'ai peur, moi aussi.

— Il y avait beaucoup de gens dans la rue, me dit Mme Ashdale. Je suis certaine que la police a parlé au plus grand nombre possible. Et tu as entendu ce qu'ils ont dit : quelqu'un a vu un membre du gang avec un pistolet. Je suis certaine qu'ils ont aussi demandé à cette personne de regarder des photos. Ils l'ont probablement demandé à beaucoup de monde. Alors si la police arrête quelqu'un, ce ne sera pas seulement à cause de toi, Ethan.

Ce qu'elle vient de dire paraît logique. Mais ça ne me rassure pas vraiment. Les Triple-Six ne connaissent pas tous ceux qui se trouvaient dans la rue aujourd'hui. Mais ils me connaissent, moi. Et certains d'entre eux aimeraient bien avoir ma peau. Mais je vais avec l'agent Firelli et lui indique ceux que je reconnais.

— Tu as fait le bon choix, dit l'agent Firelli. C'est un miracle que personne n'ait été tué ou grièvement blessé. C'est un miracle que *tu* n'aies pas été tué. Tu le sais, n'est-ce pas, Ethan?

— Ouais, dis-je en lui lançant un regard furtif. Croyez-vous vraiment que quelqu'un voulait me tuer?

— À toi de me le dire. Écoute, je sais que tu as fait de grands efforts pour changer…

— C'est ce qu'ils vous ont dit au centre communautaire?

L'agent Firelli fronce les sourcils.

— Quel centre communautaire?

— Celui où je vais pour mon programme de photographie.

L'agent Firelli a l'air ébahi.

— Je sais que vous y êtes allé. Je sais que vous avez posé des questions à mon sujet.

— Pas moi, répond l'agent Firelli. Je n'ai parlé qu'à ta mère d'accueil et elle m'a dit seulement du bien de toi.

Il fouille dans sa poche et en tire une carte d'affaires.

— Si tu vois des membres du gang ou si tu as peur et que tu as envie d'en parler, appelle-moi. Je suis sérieux, Ethan.

C'est ça. Je vais appeler un policier qui cherche toujours à m'embêter? On ne peut pas empêcher les gens de rêver.

Avant de quitter le poste, Mme Ashdale pose des questions

à l'agent Firelli et au détective Catton au sujet de ma sécurité.

— Que faisons-nous si des membres du gang viennent rôder aux alentours? demande-t-elle. Et s'ils veulent s'en prendre à Ethan?

—Après ce qui est arrivé aujourd'hui, ils vont sans doute se tenir tranquilles, dit le détective Catton. Mais je vais envoyer quelqu'un surveiller votre maison ce soir. Si vous voyez quelque chose, n'importe quoi, appelez-nous.

Il est déjà tard lorsque nous quittons le poste. Mme Ashdale veut retourner au centre commercial pour acheter le cadeau d'anniversaire d'Alan. Je lui demande si elle voit un inconvénient à ce que je ne l'accompagne pas.

— Je te comprends de ne pas vouloir retourner là-bas, dit-elle. Mais je serais plus rassurée si tu restais avec moi.

— Je veux aller au centre communautaire, dis-je. Ensuite, je rentrerai
directement à la maison. Promis. Et
je vous appelle sur votre cellulaire en
arrivant, si vous voulez.

— J'apprécierais beaucoup, dit-elle.

Je me mets en route vers le centre.
DeVon est là. Il est toujours là.

— Ça va, Ethan? Tu viens travailler
à ton projet?

Je fais signe que non.

— C'est au sujet du policier qui est
venu l'autre jour et qui posait des questions à mon sujet. Est-ce qu'il t'a dit
son nom?

— Oui, répond DeVon, mais je ne
me rappelle plus. Mais j'ai vu sa plaque.
Pourquoi demandes-tu ça?

— Est-ce que c'était Firelli?

DeVon réfléchit.

— Non, dit-il. Ce n'était pas un
nom italien. C'était un nom ordinaire,
comme Mason ou Manson, ou quelque

chose comme ça. Je suis pas mal sûr que ça commençait par un *M*. Ou peut-être un *N*.

— Mais ce n'était pas Firelli?

— Absolument pas.

Il me regarde d'un air interrogateur.

— Est-ce que tout va bien, Ethan?

— Ouais. Tout va bien.

Si l'on ne tient pas compte du fait que quelqu'un essaie de me tuer, évidemment.

Pas étonnant que je n'arrive pas à m'endormir ce soir-là. Je n'arrête pas de penser à ce que le détective Catton a dit. Il y avait deux tireurs et deux pistolets, tous deux braqués sur moi. C'est un miracle que je sois encore en vie. Et que personne d'autre ne soit mort. Je me mets à trembler de la tête aux pieds.

Puis je me demande comment les Triple-Six ont fait pour me trouver. Est-ce par hasard qu'ils se trouvaient en face du centre commercial au moment précis où j'y étais? Est-ce par un étrange effet du sort qu'ils ont regardé de l'autre côté de la rue et m'ont vu?

Je ne crois pas. Lorsque je les ai remarqués, ils scrutaient la foule de mon côté. Ils cherchaient *quelqu'un*. Est-ce moi qu'ils cherchaient? Comment auraient-ils su que je serais au Centre Eaton? Je me mets à trembler encore plus fort. Ont-ils surveillé la maison des Ashdale? Nous ont-ils suivis lorsque Mme Ashdale et moi sommes partis pour le centre-ville? Avaient-ils vraiment planifié de me tirer dessus? Est-ce qu'ils surveillent la maison en ce moment? Et s'ils m'attendaient demain matin lorsque je quitterai la maison?

Et cet autre homme que j'ai vu, celui qui avait l'air différent? Je suis certain que *lui*, il tenait un pistolet. Qui est-il? Et pourquoi a-t-il tiré sur moi?

Je n'y comprends rien du tout.

Le lendemain, je ne mets pas le nez dehors. Je regarde furtivement par la fenêtre des douzaines de fois. Peut-être des centaines.

Le téléphone sonne juste avant le souper. M. Ashdale répond. La conversation dure longtemps. Lorsqu'il raccroche finalement, il vient nous rejoindre à la cuisine, où Mme Ashdale et moi préparons une salade.

— C'était un agent nommé Firelli, dit-il. Il appelait pour nous dire qu'ils ont arrêté des suspects que plusieurs témoins avaient reconnus, dont toi.

Mme Ashdale pousse un soupir de soulagement.

— Dieu merci, c'est terminé, dit-elle.

M. Ashdale et moi échangeons des regards. Je vois à sa mine sombre qu'il pense, comme moi, que c'est loin d'être terminé. Les policiers ont procédé à des arrestations. Ils ont ramassé deux ou trois gars pour possession illégale d'arme à feu. Mais personne n'a été tué. Personne n'a même été blessé. Tôt ou tard — et probablement très bientôt — les gars seront libérés sous caution. Et ensuite? S'ils me visaient vraiment, ils n'auront qu'à réessayer. Et s'ils visaient juste, cette fois-là?

Chapitre huit

Mme Ashdale rencontre l'agent Firelli le lendemain. La plupart des gars que les policiers ont arrêtés ont déjà été libérés sous caution. Le seul à être encore détenu est le Triple-Six qui m'a poursuivi jusqu'au bus. Il n'en est pas à son premier délit de possession d'arme.

Je me comporte comme un de ces ados ridicules dans un film d'horreur à petit budget. Je retiens mon souffle et jette à tout moment un coup d'œil inquiet par-dessus mon épaule. Mme Ashdale me conduit au centre communautaire le matin et vient me chercher l'après-midi. Une fois au centre, je ne mets plus le nez dehors. Je ne sors même pas pour aller manger de la pizza ou des frites avec les autres jeunes du programme. Et pas question de quitter la maison le soir non plus.

Rien n'arrive.

Vers la fin de la semaine, je commence à me relaxer. Peut-être que le détective Catton a raison. Peut-être que les Triple-Six ont peur de se montrer si tôt après l'incident. Ils savent qu'ils seront les premiers suspects s'il m'arrive quelque chose. Je n'en vaux peut-être pas la peine. Après tout, je ne vis plus dans leur quartier et je ne m'aventure jamais sur leur territoire.

Le dimanche suivant, un peu plus d'une semaine plus tard, ma vie revient enfin à la normale. Je me lève, m'habille et glisse mon appareil photo dans une sacoche de ceinture.

— Tu vas au ravin? demande Mme Ashdale.

Je fais signe que oui. J'ai pris l'habitude de courir dans le ravin tous les dimanches matin. Ensuite, je me promène dans le cimetière. C'est le plus grand et le plus vieux de la ville. Beaucoup de gens célèbres y sont enterrés. Je l'ai découvert lorsque j'ai emménagé avec les Ashdale. J'ai aussi découvert que c'est un endroit génial pour faire de la photo. Il y a plein de sujets intéressants : des pierres tombales et des mausolées, des arbres, des fleurs et des oiseaux. Et surtout des gens. Toutes sortes de gens viennent se recueillir sur les tombes. On s'imagine qu'ils sont tristes. Mais beaucoup ne le sont pas.

C'est ce qui me fascine. J'ai commencé à les prendre en photo. Certains sont évidemment tristes, certains pleurent et d'autres ont l'air désemparés. D'autres, par contre, hochent la tête avec satisfaction et, sur une des photos, un homme sourit à la vue du nom gravé sur une pierre tombale.

— Tu devrais peut-être demander à Bill de t'accompagner, dit Mme Ashdale.

— Pas besoin. Tout ira bien.

Le dimanche, M. Ashdale se rattrape dans la lecture des journaux en sirotant son café. Il lit tous ceux qui se sont accumulés au cours de la semaine.

— Apporte au moins mon cellulaire, dit Mme Ashdale. Au cas où.

Comme je ne veux pas qu'elle s'inquiète, je le glisse dans la poche de mon short. Puis je pars pour le ravin.

Comme d'habitude, il y a quelques autres coureurs et des gens qui promènent leurs chiens. Et, comme d'habitude, je suis surpris qu'il y ait si peu de gens. C'est tellement paisible ici. On se croirait presque à la campagne.

Je parcours le même trajet qu'à l'accoutumée. Je pars du cimetière et cours le long de la rivière. La première moitié de la course est toujours la plus facile. C'est une pente douce. Puis une boucle s'éloigne de la rivière. Il n'y a presque jamais personne. Certains jours, je souhaite que ce tournant se prolonge à l'infini sans que je n'y rencontre qui que ce soit. Je respire à fond. Je n'entends que le crissement de mes souliers sur le gravier et le chant des oiseaux au-dessus de ma tête. Je n'arrête pas de penser à Sara. Elle dit qu'elle m'a déjà vu courir ici. Je me demande si elle me verra aujourd'hui — et si je la verrai.

Je sais que je suis arrivé à mi-course lorsque je vois la barrière devant moi. Elle est toujours cadenassée et bloque l'accès aux énormes maisons perchées au-dessus du ravin. On ne peut pas les voir à ce temps-ci de l'année à cause des feuilles. Mais en hiver, on les distingue clairement à travers les branches nues. Elles sont toutes gigantesques et bordent le ravin dans le quartier le plus luxueux de la ville. Je n'ai jamais vu le devant de ces maisons, mais lorsque je cours en hiver, j'imagine toujours la vie des gens qui habitent là-haut. Je les imagine confortablement assis devant un feu de foyer, une tasse de chocolat chaud à la main, le regard tourné vers la fenêtre et la vue au-delà de la cime des arbres. Ça doit donner l'impression de vivre à la campagne.

À l'approche de la barrière, je trébuche contre quelque chose et perds l'équilibre. J'essaie d'amortir ma chute avec mes mains, mais elles dérapent et des cailloux pointus me percent les paumes. Puis mes genoux frappent le sol et une douleur aiguë me monte aux jambes. Soudainement, tout devient noir. Quelqu'un a mis une espèce de capuchon sur ma tête pour m'empêcher de voir. Puis je sens quelque chose glisser sur le capuchon et se serrer autour de mon cou. Je suis pris de panique.

J'agrippe ce qu'il y a autour de mon cou. C'est une corde. J'essaie de la desserrer, mais elle se resserre encore plus.

Une voix dit :

— Tiens-toi tranquille, sinon tu vas le regretter.

Puis quelqu'un tire brusquement sur la corde et m'étrangle presque.

— Lève-toi, dit-il.

Une fois de plus, j'essaie de saisir la corde. Une fois de plus, l'homme tire dessus, la resserrant encore plus.

— Lève-toi, répète-t-il.

Je me lève. Il attrape un de mes bras et me bouscule. Je trébuche. Il enfonce

ses doigts dans mon bras et me redresse.
Il me pousse devant lui en m'agrippant
de façon à ce que je ne tombe pas de
nouveau. Quelque chose frôle ma
jambe. Je sais que je ne suis plus sur le
sentier de gravier.

L'homme me jette violemment
contre une surface dure. Une auto. Il
ramène brusquement mes bras derrière
mon dos et les attache avec l'autre
extrémité de la corde passée autour
de mon cou. J'essaie de me débattre,
mais mes efforts ne font qu'augmenter
la pression autour de mon cou. Que se
passe-t-il? Qui est cet homme? Que me
veut-il?

Il m'attrape les mains et m'éloigne
brusquement de l'auto. Je suis attentif
au moindre son qui me laisserait
deviner ce qui se passe. J'entends un
bruit semblable à celui d'un coffre
qui s'ouvre. Puis l'homme me pousse
tête première dans le coffre. Il saisit

mes jambes. Je me débats, mais la corde se resserre autour de mon cou. L'homme pousse mes jambes dans le coffre et le ferme violemment. Mon sang se glace. Je vais mourir.

Chapitre neuf

J'essaie de lutter contre la terreur qui m'envahit. Où m'emmène-t-il? Pourquoi m'a-t-il enlevé? Je me tortille et me débats, puis panique de nouveau lorsque la corde se resserre autour de mon cou. Je me force à rester immobile. Je tente de relâcher la pression sur la corde en remontant mes bras dans mon dos et j'y parviens. Mais je suis encore à deux doigts de la panique. Le capuchon rend ma respiration difficile et il n'y a pas d'air dans le coffre. Je crains qu'il ne soit hermétique et que j'étouffe avant d'arriver à destination.

Je me rappelle que j'ai le cellulaire de Mme Ashdale dans la poche de mon short. J'essaie de l'atteindre, mais ce mouvement resserre encore la corde et je dois faire le mouvement inverse pour continuer à respirer.

Au début, l'auto s'arrête et repart souvent. Ça veut dire que nous sommes encore en ville. Ce sont les feux rouges et les stops. Je me retourne sur le dos. Chaque fois que l'auto s'arrête, je donne des coups de pied frénétiques et j'appelle au secours. Je prie pour que quelqu'un m'entende et appelle la police.

Puis il n'y a plus d'arrêts. Nous sommes donc sur une grande route. J'essaie de rester calme. Quelqu'un aura entendu mes cris, appelé la police et donné le numéro de plaque de l'auto. Quelqu'un viendra me secourir.

L'auto continue de rouler. Et roule de plus en plus vite.

La panique me gagne de nouveau.

Après ce qui me semble une éternité, l'auto ralentit légèrement.

Puis elle enfile un chemin caillouteux. Qui devient cahoteux. Je suis secoué et bousculé dans le coffre.

L'auto s'arrête enfin. Je retiens mon souffle. Qu'est-ce qui m'attend?

J'entends une porte d'auto s'ouvrir et se fermer. Le coffre s'ouvre et l'air frais l'envahit. Des mains rudes m'empoignent, me tirent brusquement du coffre et me jettent par terre. Le capuchon est arraché de ma tête.

J'ai l'impression que je vais vomir. Le sang afflue à ma tête et mes genoux tremblent. Je fixe l'homme qui m'a sorti du coffre. Je reconnais ses yeux durs et froids et sa petite bouche mesquine. C'est l'homme qui m'a braqué dans la ruelle. Mais pourquoi? Et pourquoi m'a-t-il amené ici?

Il me pousse vers un bouleau et me force à m'asseoir. J'atterris sur quelque chose de pointu et laisse échapper un cri. L'homme n'en tient pas compte et m'attache au tronc de l'arbre. Lorsqu'il a fini, il détache ma sacoche de ceinture et l'ouvre. Il en tire mon appareil photo, l'allume et fait défiler les images. L'une d'elles semble l'intéresser particulièrement. Il la fixe pendant quelques instants. Puis il laisse tomber l'appareil sur une roche et le fracasse de son pied botté. Il l'écrabouille jusqu'à ce qu'il soit mille morceaux. Puis il retourne à l'auto et en sort une pelle. Il commence à creuser un trou. Ce n'est pas possible. Ça ne peut pas m'arriver à moi.

— Pourquoi? dis-je.

Le mot sort de ma gorge comme un coassement de crapaud.

L'homme ne me regarde même pas. Il continue de creuser.

— Parce que je n'ai pas voulu vous donner mon sac à dos?

Il s'arrête un instant de creuser et me regarde.

— Tu aurais dû me le donner comme je te le demandais, Ethan, dit-il. Si tu l'avais fait, tu ne serais pas ici en ce moment.

Je le regarde fixement. Il connaît mon nom.

— Mais il n'y avait rien dedans, dis-je.

Il se remet à creuser.

Je regarde mon appareil en morceaux. Est-ce pour ça qu'il me pourchasse? Je le regarde de nouveau.

— C'est vous qui êtes allé au centre communautaire poser des questions à mon sujet, n'est-ce pas?

Il ne répond pas. Mais ça ne peut être que lui. Il a demandé à voir mes photos.

DeVon lui a dit que je ne sauvegarde jamais mes photos.

Sara lui a dit que j'ai toujours mon appareil avec moi lorsque je cours dans le ravin le dimanche matin.

— Vous m'avez tiré dessus au Centre Eaton. Comment saviez-vous que j'allais y être?

Il secoue la tête.

— Je fais mes devoirs, Ethan, dit-il. Je fais toujours mes devoirs.

— Mais les Triple-Six, comment l'ont-ils appris?

Puis je me rappelle le calendrier de Mme Ashdale. Mon rendez-vous chez le dentiste était inscrit dessus. Et le Centre Eaton à midi.

Les coins de ses lèvres se retroussent en un sourire.

— Quelqu'un a dû leur dire.

Quelqu'un? Il veut dire lui. C'est *lui* qui a alerté les Triple-Six.

Tandis que je le regarde creuser, je réfléchis à toute vitesse. Il va me tuer. J'en suis certain. Mais pourquoi? Qu'est-ce que je lui ai fait? Et qu'est-ce que mon appareil photo a à voir là-dedans?

Pendant qu'il creuse, j'essaie de défaire la corde qui me serre les poignets, mais elle est trop serrée. Et j'ai mal au cul depuis que j'ai atterri sur quelque chose de dur. Je change de position comme je peux et tâtonne derrière moi. Pas étonnant que ça me fasse mal, je suis assis sur une roche pointue.

Pointue et tranchante.

Je manœuvre mes poignets pour les placer contre le bord tranchant de la roche. Je commence à les bouger de bas en haut, de haut en bas, discrètement, pour ne pas attirer l'attention.

Mais j'appuie suffisamment fort pour qu'avec un peu de chance, la corde s'use.

De haut en bas.

De bas en haut.

Je suis couvert de sueur.

Je n'ai jamais eu si peur de ma vie.

L'homme n'arrête pas de creuser. Il fredonne en travaillant. Il s'amuse. Il n'a pas la moindre crainte d'être interrompu. Il a choisi l'endroit parfait.

De bas en haut.

De haut en bas.

Le trou est de plus en plus creux. Plus long aussi. Juste le bon format pour une personne.

Pour moi.

De bas en haut.

De haut en…

Je sens que la corde commence à céder, mais pas encore assez. L'homme sort du trou.

— S'il vous plaît, dis-je. Laissez-moi partir. Je ne dirai rien. Je vous le jure. Laissez-moi partir.

L'homme me regarde de ses yeux froids et durs.

— Sans blague, Ethan, penses-tu que je suis stupide à ce point-là?

Il plante la pelle dans le tas de terre et se dirige vers l'auto. Je continue de frotter la corde contre la roche tandis qu'il ouvre la porte de l'auto et se penche sur la banquette avant. Les yeux me brûlent. Je suis sur le point de pleurer. Je me sens encore pire lorsque l'homme se relève, un pistolet à la main. Je me fige. Il le place à l'arrière de sa ceinture et se dirige vers moi.

Chapitre dix

Mes mains sont parfaitement immobiles derrière mon dos tandis que l'homme me détache du bouleau. Il m'empoigne d'une main et me relève.

— Marche, dit-il en me poussant vers le trou.

Je trébuche et tombe.

— Lève-toi! dit l'homme d'une voix aussi dure et froide que ses yeux.

Il m'attrape le coude et me remet debout avec rudesse. Je sens alors la corde autour de mes mains se relâcher. Je suis si surpris que je ne sais pas quoi faire.

— Je t'ai dit de marcher! dit-il, me poussant de nouveau.

J'obéis et trébuche encore, cette fois-ci intentionnellement. Je libère mes mains et la corde tombe par terre. J'attrape la pelle à deux mains et me retourne. L'homme a une main derrière le dos. Il cherche à prendre son arme. Je brandis la pelle comme un bâton de baseball et le frappe à la tête. Il tombe par terre en poussant un gémissement. Il est sans connaissance.

Je saisis le pistolet et prends les clés de l'auto dans sa poche. Il respire, mais il ne bouge pas.

Je jette le pistolet dans le coffre et le referme violemment. Je lance les clés aussi loin que possible dans le bois. Puis je retourne vers l'homme et lui attache les mains derrière le dos, puis les chevilles. Son visage me dit quelque chose. Mais je ne sais pas si c'est parce que je l'ai vu avant ou parce qu'il ressemble à quelqu'un que j'ai déjà vu. Pourquoi un inconnu voudrait-il me tuer?

Je sors le cellulaire de ma poche. Une carte s'en échappe — celle que l'agent Firelli m'a donnée. Je compose le numéro et, quelques instants plus tard, je l'ai au bout du fil.

— Quelqu'un vient encore d'essayer de me tuer, dis-je d'une voix tremblante. Je pense que c'est l'homme que j'ai vu au centre-ville. Il allait me descendre. Il était...

— Moins vite, Ethan, dit l'agent Firelli. Es-tu en danger?

— Je ne pense pas.

— Et cet homme?

— Je l'ai frappé avec une pelle. Il est inconscient. Je l'ai ligoté.

— Où es-tu, Ethan?

— Je ne sais pas. Quelque part à la campagne.

— Où ça à la campagne? Regarde autour de toi, Ethan. Reconnais-tu quelque chose? Vois-tu un point de repère?

Je regarde autour de moi. J'ai peine à le croire. J'étais trop terrorisé pour m'en rendre compte, mais je sais maintenant exactement où je me trouve. Je ne suis pas loin de l'arbre où nichent les faucons. Ceux que je prends en photo depuis quelques semaines. J'explique à l'agent Firelli où me trouver.

— Ne bouge pas, Ethan, dit-il. J'envoie quelqu'un immédiatement et j'y vais aussitôt que je peux. La pile de ton cellulaire est chargée?

— Oui, dis-je après vérification.

— Bon. Reste où tu es. S'il arrive quelque chose, rappelle-moi. Tu m'as bien compris, Ethan?

— Oui.

Deux voitures de police arrivent. L'agent Firelli a dû les envoyer, puisque les policiers connaissent mon nom. L'un d'eux s'assure que je ne suis pas blessé. Deux autres vont voir l'homme que j'ai ligoté. Lorsqu'ils le secouent, il grogne et ouvre les yeux, mais juste un instant.

— Il faut l'emmener à l'hôpital, dit un policier tandis qu'il appelle une ambulance.

L'autre fouille ses poches et en tire un portefeuille. Il secoue la tête en parcourant les pièces d'identité.

— C'est un policier! dit-il. De la ville. Il s'appelle Miller. Robert Miller.

— Ce nom me dit quelque chose, dit l'un d'eux.

Mais il ne semble pas se rappeler pourquoi.

Tous me regardent comme s'ils se demandaient tout d'un coup qui est le véritable criminel.

— Raconte-nous exactement ce qui est arrivé, demande l'un d'eux.

Ils me regardent encore avec méfiance après que j'ai terminé, comme si j'avais pu creuser le trou moi-même. Mais ça n'a pas de sens. C'est moi qui ai appelé la police. Je ne l'aurais pas fait si j'avais eu l'intention de tuer quelqu'un.

L'agent Firelli arrive en même temps que l'ambulance. Il salue les autres policiers et supervise l'embarquement du blessé. Une des voitures repart avec l'ambulance. Les deux autres policiers restent pour parler à l'agent Firelli.

— C'est un policier que le jeune a assommé, dit l'un d'eux.

L'agent Firelli a l'air surpris.

— Il s'appelle Miller, ajoute celui qui a trouvé les pièces d'identité.

— *Robert* Miller? demande l'agent Firelli. Il a l'air encore plus surpris.

— Vous le connaissez? lui demande le policier.

L'agent Firelli fait oui de la tête.

— Nous sommes dans la même division. On a parlé de lui aux nouvelles la semaine dernière. Sa femme a disparu et sa belle-sœur a signalé la disparition. Miller dit que sa femme et lui ont eu une grosse dispute et qu'ils se sont séparés, mais la sœur n'en croit rien. Elle pense qu'il y a quelque chose de louche.

— Il m'a kidnappé, dis-je à l'agent Firelli. Il m'a amené ici et m'a attaché à un arbre pendant qu'il creusait ce trou. Puis il a sorti un pistolet. Il allait me tuer.

— Qu'as-tu fait du pistolet, Ethan?

— Il est verrouillé dans le coffre arrière de l'auto.

— Donne-moi les clés, dit-il en me tendant la main.

— Je les ai jetées au loin.

L'agent Firelli me dévisage. J'ai peur qu'il ne me croie pas. Puis il dit :

— Raconte-moi tout depuis le début.

C'est ce que je fais. Je lui raconte les détails de mon enlèvement. Je lui montre les restes de mon appareil photo. Et je décris l'incident de la ruelle où j'ai été agressé par Miller.

— Il avait un pistolet cette fois-là aussi, mais j'ai pensé que c'était un faux jusqu'à ce qu'il tire un coup de feu.

— Il a tiré sur toi? demande l'agent Firelli. En as-tu parlé aux Ashdale?

Je fais signe que non.

— Je pensais que c'était seulement un accro en manque. Je ne voulais pas les inquiéter.

— Tu m'as dit au téléphone que tu penses que ce gars est celui qui a tiré sur toi en ville.

J'acquiesce d'un signe de tête.

— Eh bien, si c'est vrai, dit l'agent Firelli, et si c'est le même pistolet, la balistique le prouvera sans difficulté.

— Il savait où me trouver, dis-je. Et il m'attendait dans le ravin.

Je lui explique la façon dont je crois qu'il s'est renseigné.

— Mais pourquoi? demande l'agent Firelli. Pourquoi l'intéresses-tu autant?

— Je ne sais pas. Dans la ruelle, il était prêt à me tuer pour mon sac à dos. J'ai essayé de lui faire comprendre qu'il n'y avait rien dedans.

— Rien?

— Seulement mon appareil photo.

— Ton appareil photo?

Je lui explique ce que je fais depuis le début de l'été.

— Mais je ne vois pas pourquoi ça l'intéresserait, dis-je à l'agent Firelli.

— *L'était-il*, intéressé?

— Un policier est allé au centre communautaire. Il a demandé au directeur du programme s'il pouvait voir mes photos.

— Est-ce que le directeur les lui a montrées?

— Il n'a pas pu. Elles étaient encore dans mon appareil. Je ne les avais pas sauvegardées. DeVon, le directeur du programme, me harcelle toujours pour que je le fasse, mais je n'aime pas que les gens voient mes projets avant que je ne sois prêt à les montrer.

— J'aimerais bien voir le contenu de cet appareil, dit l'agent Firelli.

— Impossible. Il l'a démoli.

L'agent Firelli soupire.

— Nous allons donc devoir attendre jusqu'à ce que Miller se réveille pour en savoir plus long, dit-il.

Je regarde l'agent Firelli. Je repense à ce qu'il a dit aux autres policiers au sujet de Miller. Et à la pelle que j'ai utilisée pour frapper Miller. Une image se forme dans mon esprit.

— Pas besoin d'attendre, dis-je.

Chapitre onze

Puisque c'est dimanche, l'agent Firelli doit appeler le directeur du centre communautaire à la maison pour qu'il vienne nous ouvrir la porte. Il lui demande aussi de trouver DeVon pour qu'il se joigne à nous.

Le directeur nous laisse entrer dans le centre, puis dans le local du programme. J'allume l'ordi. Le directeur tape un mot de passe pour nous donner accès aux fichiers.

— DeVon me répétait toujours que s'il arrivait quelque chose à mon appareil, je perdrais toutes mes photos, dis-je. Alors, pour une fois, je l'ai écouté. J'ai tout sauvegardé vendredi avant de partir.

L'ordi demande un autre mot de passe, mon code personnel, cette fois-ci. Je fais une place à l'agent Firelli à côté de moi.

— Montre-moi toutes les photos qui se trouvaient dans ton appareil, dit-il.

Je lui montre mes photos une à la fois. Il est plus perspicace que je ne l'avais estimé. Il reconnaît tout de suite l'endroit où elles ont été prises.

— C'est le bois où nous t'avons trouvé aujourd'hui, dit-il.

Je fais signe que oui.

L'agent Firelli fronce les sourcils.

— Pourquoi Miller s'intéresse-t-il à des photos d'arbres et de faucons? demande-t-il.

— Je pense que ce n'est pas ça qui l'intéresse, dis-je.

Je continue de faire avancer les images jusqu'à ce que je trouve celle que je cherche.

Le visage de l'agent Firelli s'éclaire d'un large sourire lorsqu'il la voit. Il indique une petite figure dans un coin de la photo. C'est un homme appuyé sur une pelle, le même que Mme Ashdale avait remarqué auparavant. L'agent Firelli plisse les yeux.

— Peux-tu agrandir cette photo? demande-t-il.

Je zoome sur l'image et examine l'homme à la pelle. Mon intuition ne m'a pas trompé. C'est bien celui qui creusait ma tombe il y a quelques heures. C'est Robert Miller.

DeVon arrive. L'agent Firelli lui demande de décrire le policier qui est venu au centre poser des questions à mon sujet. Sa description correspond singulièrement à celle de Robert Miller. L'agent Firelli lui demande ensuite d'examiner l'image affichée sur l'écran de l'ordi.

— C'est bien lui, dit DeVon.

L'agent Firelli se tourne de nouveau vers l'image.

— Tu vois où cette photo a été prise? Pourrais-tu retrouver cet endroit, Ethan?

— Certainement.

J'ai passé tellement de temps dans ce bois que je le connais comme le fond de ma poche. Je n'ai pas besoin d'explication. Je devine où il veut en venir.

L'agent Firelli passe quelques coups de téléphone. Puis il appelle Mme Ashdale et lui dit que je suis avec lui et que je l'aide dans son enquête. Qu'elle ne doit pas s'inquiéter, que je n'ai rien fait de mal et qu'il me ramènera à la maison dans quelques heures. Avant de quitter le centre, nous imprimons quelques copies des deux photos où l'on voit Robert Miller.

Nous retournons dans le bois où j'ai photographié les faucons. Prenant l'arbre où ils nichent comme repère, je mène l'agent Firelli à l'endroit où Robert Miller se trouvait lorsque je l'ai pris en photo par accident.

Un groupe de policiers arrive sur les lieux avec les experts du service médicolégal. L'agent Firelli s'entretient brièvement avec les policiers, puis les laisse faire leur travail. Quelques minutes plus tard, l'un d'eux se tourne vers nous.

— On dirait qu'il y a quelque chose ici.

Avant de toucher quoi que ce soit, ils prennent des tas de photos. Puis ils se mettent à creuser. Prennent d'autres photos.

— Nous avons trouvé un corps, annonce l'un d'eux.

L'agent Firelli échange quelques mots avec eux, puis se tourne vers moi.

— Viens, Ethan. Je te ramène à la maison.

— Mais...

— Le corps ne sera pas identifié avant quelques heures et il commence à se faire tard.

Il me ramène chez les Ashdale. Il me raccompagne jusque dans la maison et explique aux Ashdale ce qui est arrivé. Tandis qu'il parle, Mme Ashdale devient de plus en plus pâle. M. Ashdale l'entoure d'un bras protecteur. L'agent Firelli promet de nous informer de ce qu'ils auront découvert dans le bois.

— Ethan est hors de danger maintenant. Miller s'était rendu compte qu'il avait été photographié. Il craignait d'être reconnu. C'est pourquoi il était si déterminé à obtenir l'appareil photo d'Ethan. Comme il n'y parvenait pas, il a tenté de se débarrasser de lui.

Pour la seconde fois depuis que je vis avec elle, Mme Ashdale me serre dans ses bras. Les larmes me montent aux yeux.

Chapitre douze

L'histoire paraît dans le journal du lendemain, mais j'en connais déjà tous les détails. L'agent Firelli nous a tenus informés. Le corps trouvé dans le bois est celui d'Eileen Miller, l'épouse de Robert Miller portée disparue. Mes photos prouvent que Miller savait très bien où elle se trouvait. Il l'a tuée avec le même pistolet qu'il a utilisé pour me tirer dessus au centre-ville. La police a aussi trouvé la balle tirée dans la ruelle. Elle s'était logée dans un cadre de porte.

— Tous les indices nous ramènent à Miller. Il sera accusé de meurtre, tentative de meurtre et kidnapping, à moins qu'il ne décide de plaider coupable, dit l'agent Firelli. Il a dû te reconnaître dans le bois ce jour-là, Ethan. Il travaillait dans ton ancien quartier. Il t'a arrêté à quelques reprises pour vol à l'étalage lorsque tu étais mineur. Tu t'en souviens?

Voilà pourquoi son visage me disait quelque chose.

— Je ne l'ai pas reconnu, dis-je.

— Eh bien lui, il t'a bel et bien reconnu. Nous avons trouvé une copie de ton casier judiciaire chez lui. Il connaissait ton adresse. Il a dû te suivre après l'agression dans la ruelle. Puis il a cambriolé la maison pour trouver ton

appareil et vérifier si tu avais sauvegardé tes photos sur l'ordinateur des
Ashdale.

— Ce qui n'était pas le cas.

— C'est justement ce qu'il a découvert. Il connaissait aussi ton implication
avec les Triple-Six. Un des gars que
nous avons arrêtés a dit qu'ils avaient
été prévenus que tu serais au Centre
Eaton à midi ce jour-là. Ils se sont
pointés et Miller en a profité pour te
tirer dessus.

— Il connaissait aussi le programme
de photo du centre communautaire.
Il était mentionné dans ton casier
judiciaire. Et il savait que tu courais
dans le ravin tous les dimanches parce
qu'une fille au centre le lui avait dit.

Il parle de Sara.

— Il a dû décider de t'enlever
lorsqu'il a appris que tu avais toujours
ton appareil avec toi et que tu ne
sauvegardais jamais tes photos. Il ne

voulait pas prendre de chances. Il allait se débarrasser de toi et de l'appareil. Il a dû penser que ça réglerait tous ses problèmes du même coup. Et il avait raison. Nous n'aurions jamais retrouvé sa femme sans tes photos. Il s'en serait tiré en toute impunité. Je sais que tu as dû avoir une sacrée frousse, Ethan, mais tu nous as aidés à attraper un meurtrier.

Une semaine plus tard, le programme *En images* se termine par la présentation de nos projets. Le mien remporte le premier prix. Les Ashdale sont venus avec Alan et Tricia. L'agent Firelli y est aussi. Il me félicite. Sara remporte le deuxième prix. Ça ne semble pas la déranger que je me classe devant elle. Elle me tient par la main toute la soirée.

Comme on ne sait jamais ce que nous réserve l'avenir, il vaut mieux ne pas perdre une seconde. J'ai donc invité Sara à sortir avec moi juste après l'arrestation de Miller. Elle a tout de suite accepté. Pour la première fois, je sens que la vie me sourit.

Voici un extrait d'un autre roman
de la collection française d'Orca,
La triche, par Kristin Butcher.

978-1-55469-997-1 $9.95 pb

Laurel se découvre une passion
pour le journalisme d'investigation. Pour écrire
un article-choc, elle mène une enquête sur une
triche à son école. Elle découvre que la triche-
rie est généralisée — beaucoup plus qu'elle ne
l'avait imaginé. Aveugle à toute autre préoccupa-
tion, Laurel est prête à perdre ses amies pour tirer
cette histoire au clair. Mais son ultime découverte
change tout.

Chapitre premier

Le sans-abri a révélé qu'il dormait dans la chaufferie de l'école depuis plus de trois mois. « Les fins de semaine, c'était beaucoup mieux, a-t-il dit. Il n'y avait personne — même pas de concierge. Il m'est arrivé de prendre une douche dans le vestiaire des garçons une fois ou deux. Ces nuits-là, j'ai dormi comme une bûche. »

Tara met un raisin dans sa bouche et continue à lire.

L'homme avait accès à l'école par une bouche d'aération à hauteur du rez-de-chaussée. Chaque soir, après la tombée de la nuit, il enlevait le grillage qui la couvrait et se laissait glisser au sous-sol, puis remettait le grillage en place derrière lui. Sa cachette a été découverte par hasard. La semaine dernière, une mouffette curieuse s'est faufilée par la bouche d'aération, dont le grillage s'était détaché. Elle en a profité pour faire une incursion dans l'école. Lorsque les élèves et les enseignants se sont mis à courir et à crier, la mouffette s'est enfuie vers l'orifice par lequel elle était entrée. Un concierge qui la poursuivait a découvert le lit de fortune du sans-abri derrière la chaudière du chauffage central. Il a appelé la police, qui a appréhendé l'homme lorsqu'il a pénétré

dans l'école tard ce soir-là. La mouf-
fette, elle, court toujours.

Tara baisse le journal.

— Eh bien, tant mieux pour la mouffette. C'est dommage pour le gars,
tout de même. Il ne faisait de mal
à personne. Il voulait seulement un
endroit où dormir.

Je lui indique le journal.

— Continue à lire.

Le conseil scolaire n'a pas
porté plainte. En fait, la conseillère
Mme Norma Swanson a raconté cette
histoire lors d'une réunion du conseil
municipal. Elle a demandé aux membres
du conseil d'examiner la situation.
« S'il n'y a pas suffisamment d'abris
et de soupes populaires pour satisfaire
les besoins des moins bien nantis de
notre communauté, il faut faire quelque
chose », a-t-elle déclaré.

— Espérons que Mme Swanson sera
entendue.

Tara pose le journal, croque un autre raisin et me regarde, les yeux écarquillés.

— Bon article, Laurel!

— Tu as l'air surprise, dis-je. Je ne suis pas prête pour la une d'un grand journal, mais je suis tout de même capable d'aligner quelques phrases.

— Je suis surprise, en effet.

Je reste bouche bée.

— Pas de ce que tu puisses écrire un bon article. Mais ceci est très différent de ce que tu écris d'habitude…

— Je sais, dis-je en soupirant. Cette histoire est certainement moins super-ficielle que mes comptes rendus des potins locaux et des soirées dansantes à l'école.

— Exactement, dit Tara. Ceci est important. C'est une vraie nouvelle!

— Tout à fait! dis-je en souriant. Merci, Tara.

— Je t'en prie, mais, dit-elle en fronçant les sourcils, comment as-tu découvert tout ça? J'avais entendu parler de la mouffette, mais pas du sans-abri.

J'essaie d'avoir l'air choquée.

— Tu ne t'attends tout de même pas à ce que je révèle mes sources?

— Euh, ouais, dit Tara. Je m'y attends.

Je hausse les épaules.

— Eh bien, j'ai écouté aux portes et j'ai eu de la chance. Le lendemain de l'incident avec la mouffette, Mme Benson m'a envoyée au bureau chercher des trombones. Mais la secrétaire n'était pas là. Tandis que je l'attendais, j'ai entendu M. Wiens qui parlait avec une femme dans son bureau. La porte étant ouverte, je n'ai pas pu m'empêcher d'entendre leur conversation.

— De quoi parlaient-ils?

— Du sans-abri. M. Wiens exprimait sa réticence à chasser cet homme qui n'avait pas d'autre endroit où aller.

— Et qui était la femme? demande Tara.

— J'y arrive. Tu n'as qu'à écouter. La femme a répondu qu'elle en parlerait à la prochaine réunion du conseil municipal.

Tara se mordille la lèvre.

— Ah…, dit-elle. Elle fait probablement partie du conseil scolaire.

— Oui, c'est ça, dis-je en acquiesçant. Enfin bref, je me suis renseignée sur la date de réunion du conseil municipal et j'y ai assisté. J'ai dû endurer plus d'une heure de plaintes au sujet des lampadaires et des nids-de-poule avant que Mme Swanson ne prenne la parole. C'était d'un ennui mortel.

— Wow. Tu t'es donné beaucoup de mal pour cet article. Mais comment as-tu su que le sans-abri prenait des douches dans le vestiaire des gars? Tu n'aurais pas inventé ça, par hasard?

Cette fois-ci, je suis vraiment choquée.

— Bien sûr que non! Je suis restée à l'école pendant quelques heures après la fermeture. J'ai pensé que le gars allait peut-être revenir.

— Et il est revenu?

— Ouais. Il n'a pas essayé d'entrer, mais il est revenu. Au début, je n'étais pas certaine si c'était lui. Mais le gars mal habillé qui examinait la bouche d'aération ne pouvait être que le squatteur, alors je suis allée lui parler.

— Tu n'as pas eu peur? demande Tara. Il aurait pu t'attaquer ou je ne sais quoi.

— Oh, je n'y ai même pas pensé. Et rien n'est arrivé. En fait, il était plutôt sympathique et il a répondu à toutes mes questions. Je lui ai donné tout l'argent que j'avais sur moi : un billet de cinq dollars. J'espère qu'il s'est trouvé quelque chose à manger. Il semblait en avoir grand besoin. Il avait l'air d'avoir froid et il était maigre comme un clou.

Tara se redresse sur sa chaise.

— Comment vas-tu faire maintenant pour te remettre à écrire sur les parties de volley-ball et les débats scolaires?

La cloche se met à sonner et je n'ai pas le temps de répondre. Mais je pense à ce qu'elle a dit. Les reportages sur les activités ordinaires de l'école me sembleront sans doute ennuyeux maintenant que j'ai eu un avant-goût du vrai journalisme.